Mohamed BACHKAT

Le Gourou aux yeux jaunes : acte final

© 2025 Mohamed BACHKAT
Édition : BoD · Books on Demand,
31 avenue Saint-Rémy, 57600 Forbach,
bod@bod.fr
Impression : Libri Plureos GmbH,
Friedensallee 273, 22763 Hamburg
(Allemagne)
ISBN : 978-2-3225-5297-9
Dépôt légal : Mars 2025

Le Retour du MédBed : L'Ombre de la Résurrection

Lorsque Mosof était rentré en France pour avertir les autorités, il n'avait pas prêté attention à un détail crucial. Dans l'ombre, alors que leur voyage touchait à sa fin, le général Kuskov avait subtilisé un artefact bien plus précieux que n'importe quelle stratégie militaire : le MédBed de Mosof, une technologie issue de ses propres recherches secrètes.

Le général russe, dans son ambition insatiable, avait su reconnaître la puissance de cet appareil capable de restaurer la vie. Il n'avait eu besoin que d'un moment d'inattention de Mosof pour s'en emparer et l'acheminer discrètement vers son quartier général, loin des regards indiscrets.

Désormais, il se tenait dans une salle souterraine ultra-sécurisée, entouré de ses officiers les plus loyaux. Sur la table, sous les lumières blafardes, le MédBed scintillait d'un éclat inquiétant. Kuskov caressa la surface métallique du bout des doigts et esquissa un sourire.

— "Nous allons réécrire l'Histoire à notre manière."

Un frisson parcourut l'assemblée. Ils savaient tous ce que cela signifiait. Kuskov n'avait jamais voulu une guerre conventionnelle. Il voulait une armée que le temps ne pourrait pas effacer.

Les morts allaient revenir.

Mais pas n'importe lesquels.

Les plus grands stratèges, les guerriers les plus redoutables, ceux qui avaient défié l'Histoire et marqué les batailles de leur empreinte. Bientôt, Napoléon, Alexandre, Hannibal et bien d'autres marcheraient de nouveau sous son commandement.

Mosof, lui, n'avait pas encore compris ce qui se tramait dans l'ombre. Mais il le sentirait bientôt… et lorsqu'il comprendrait, il serait peut-être déjà trop tard.

Le Retour de l'Empereur Maudit

Le général Kuskov ne comptait pas s'arrêter aux figures historiques du passé. Non, il avait en tête un projet bien plus ambitieux, bien plus terrifiant.

Alors que ses scientifiques s'affairaient autour du MédBed, préparant la résurrection des plus grands généraux de l'histoire, Kuskov fixa un nom inscrit sur une liste. Un nom qui résonnait comme un spectre dans les coulisses du pouvoir, une ombre qui avait failli tout engloutir autrefois :

John III.

L'homme qui avait appris à ressusciter les morts. Celui qui avait conquis Jérusalem et fait trembler les croyants. Celui qui avait été trahi par son propre orgueil et décapité sur l'esplanade des mosquées.

Kuskov savait que ressusciter un tel homme était un pari dangereux. Mais il n'était pas dupe. Il ne voulait pas seulement un roi déchu, il voulait un esprit supérieur, un stratège démoniaque, un guide capable d'inspirer une armée entière et de terrifier ses ennemis.

Dans le laboratoire, les ingénieurs ajustèrent les derniers paramètres. Le corps de John III, préservé dans le plus grand secret, fut placé sur la table du MédBed. Un silence pesant s'installa. Puis, une lumière aveuglante illumina la pièce.

Un souffle.

Un mouvement.

Une main tremblante se referma lentement en un poing.

Puis deux yeux s'ouvrirent, perçants, inhumains.

Kuskov s'avança, le visage impassible.

— "Bienvenue de nouveau parmi nous, Majesté."

John III cligna des yeux, assimilant son retour dans le monde des vivants. Il inspira profondément et sourit.

— "Il est temps de reprendre ce qui m'appartient."

L'ombre de la guerre venait de s'épaissir. Mosof n'avait encore rien vu.

Un Instant Hors du Temps

Tandis que le monde frémissait sous la menace d'une guerre imminente, Mosof, lui, goûtait à une paix trompeuse. Dans les jardins luxuriants de son hacienda en Andalous, il se promenait lentement aux côtés de Naima, sa femme, sous le soleil doré de l'après-midi.

Les orangers embaumaient l'air d'une senteur sucrée, et le vent léger faisait danser les feuillages. Naima, vêtue d'une robe blanche fluide, laissait glisser ses doigts sur les pétales d'un rosier, pensive.

— "Tu sembles préoccupé," murmura-t-elle en levant les yeux vers lui.

Mosof sourit faiblement, sans répondre immédiatement. Il se contenta de s'arrêter près d'un banc en pierre et de contempler l'étendue paisible devant lui. Des oliviers centenaires, un petit bassin où quelques poissons rouges ondulaient sous l'eau limpide... tout ici respirait la sérénité. Et pourtant, quelque chose troublait son âme.

— "J'ai l'impression que tout ceci n'est qu'un rêve éphémère," finit-il par avouer. "Comme si l'Histoire s'apprêtait à nous rattraper."

Naima s'assit à ses côtés et posa une main douce sur la sienne.

— "Tu as toujours été un homme du passé et du futur, mais rarement du présent," dit-elle avec tendresse. "Peut-être est-il temps d'arrêter de courir après les ombres et de vivre, enfin ?"

Il tourna la tête vers elle, cherchant dans son regard une réponse qu'il n'osait formuler. Elle, qui l'avait toujours suivi dans ses errances, dans ses batailles et ses fuites, aspirait désormais à autre chose.

Mais Mosof ne pouvait ignorer ce frisson dans son dos, cette sensation persistante qu'un danger invisible s'abattait sur eux. Était-ce une simple paranoïa née des années de complots et de guerres ? Ou bien une intuition plus profonde, celle d'un homme qui sent la tempête avant même que les vents ne se lèvent ?

Naima soupira et se laissa aller contre lui, savourant ce bref moment de calme.

— "Ne pense pas à demain, Mosof," murmura-t-elle. "Demain viendra bien assez tôt."

Il referma ses doigts sur les siens et ferma un instant les yeux, espérant, pour une fois, que son instinct se trompait.

Le Retour du Gourou : Conférences sur une Révolution Énergétique

Malgré l'incertitude qui pesait sur l'avenir, Mosof reprit ses conférences à travers le monde, cette fois-ci non plus pour parler d'histoire ou de stratégies militaires, mais pour dévoiler une partie de son génie scientifique. Il s'agissait d'un savoir qu'il avait longuement médité, issu d'années de recherche, mais aussi d'une révélation mystique.

Son sujet principal : une nouvelle forme d'énergie révolutionnaire, née d'une découverte qu'il avait faite en étudiant l'énigme contenue dans la sourate An-Nur (La

Lumière) du Coran. Selon lui, cette sourate renfermait les clés d'une transformation énergétique majeure, en particulier à travers l'image de l'huile d'olive qui alimente une lumière sans feu. En expérimentant, Mosof avait mis au point un procédé capable d'exploiter cette huile comme une source d'énergie inédite, ouvrant la voie à des armes et technologies avancées :

• Des canons laser portatifs capables de modifier l'équilibre des guerres modernes.

• Une maîtrise inédite du voyage dans l'espace et potentiellement du voyage dans le temps, même s'il se garda bien d'en donner trop de détails.

Ses conférences attirèrent des foules et des experts du monde entier. Il voyagea à Hong Kong, au cœur des nouvelles dynamiques économiques et technologiques, à Helsinki, capitale de l'innovation nordique, à Oxford, fief de l'élite intellectuelle, et enfin à Bombay, symbole d'un futur où la science et la spiritualité pouvaient s'unir.

À chaque étape, ses paroles semaient le doute et l'excitation. Ses détracteurs y voyaient des élucubrations de savant fou, tandis que d'autres commençaient à comprendre l'ampleur du changement qui s'annonçait.

Mais dans l'ombre, certains guettaient avec une attention

particulière… et parmi eux, le général Kuskov, qui voyait dans ces révélations de nouvelles armes pour son plan de domination.

Conférence en Ifrica : Entre Savoir et Méfiance

Après ses voyages en Asie et en Europe du Nord, Mosof posa ses valises dans le sud de l'Andalous, une région où l'histoire, la science et la spiritualité s'étaient entremêlées depuis des siècles. Dans ces territoires récemment annexés par le roi d'Espagne sous le nom d'Ifrica, il venait présenter ses travaux devant un public particulier : des dirigeants locaux, des savants, mais aussi des figures influentes du monde économique et politique.

Les conférences de Mosof en Ifrica suscitèrent un grand intérêt. Ses découvertes sur l'énergie à base d'huile d'olive et leurs applications militaires et technologiques ouvraient des perspectives insoupçonnées pour cette région, longtemps considérée comme un carrefour entre l'Europe, l'Afrique et le monde musulman.

Mais si le peuple et les élites locales l'accueillirent avec curiosité, le gouverneur andalou – fidèle au roi d'Espagne – voyait cette présence d'un mauvais œil. Pour lui, Mosof n'était pas seulement un intellectuel en quête de vérité, mais un agitateur capable de réveiller des ambitions locales et des résistances souterraines.

Pendant son séjour, Mosof eut plusieurs rencontres discrètes avec des personnalités influentes, notamment des chefs tribaux, des entrepreneurs visionnaires et des membres de confréries soufies qui voyaient en lui un homme capable de réconcilier la science et la foi, le progrès et l'identité. Ces échanges, souvent loin des regards officiels, nourrirent la suspicion du pouvoir en place.

Très vite, des rapports inquiétants parvinrent au gouverneur d'Andalous. Ses services de renseignement rapportèrent que Mosof ne se contentait pas de parler de science, mais qu'il discutait aussi de l'avenir de la région, de son indépendance économique, et des tensions latentes entre les populations locales et la couronne espagnole.

Le regard du gouverneur se durcit. Mosof était-il seulement un scientifique, ou un homme porteur d'une ambition plus vaste ?

Le vent commençait à tourner, et le Gourou aux yeux jaunes se doutait que son séjour en Ifrica ne passerait pas inaperçu…

Une Journée Poétique dans le Désert

L'aube s'étirait lentement sur l'horizon, effleurant les dunes d'un voile doré. Mosof avançait seul dans l'immensité du désert, ses pas dessinant des empreintes éphémères que le vent effaçait aussitôt. Autour de lui, l'infini se déclinait en nuances de sable, oscillant entre l'ocre et l'orangé sous les caresses du soleil naissant.

Il inspira profondément, sentant la fraîcheur matinale encore suspendue dans l'air, avant que le jour n'apporte son feu ardent. Ce lieu, loin des intrigues et des hommes, lui rappelait les origines, celles des prophètes, des penseurs, de ceux qui cherchaient la vérité dans le silence du monde et ses propres origines.

Il marcha longtemps, écoutant la voix du vent qui soufflait des murmures anciens, comme si le désert lui-même avait des secrets à lui confier. Parfois, une gerboise surgissait d'un terrier, un fennec observait de loin, un aigle planait dans les hauteurs, témoin silencieux de son passage. Ici, chaque créature survivait dans l'aridité, trouvant en elle-même la force d'exister sans jamais se plaindre du manque.

Vers midi, la chaleur devint écrasante. Mosof trouva refuge sous l'ombre bienveillante d'un acacia solitaire, un arbre aussi vieux que le temps, dont les racines plongées dans les profondeurs du sol défiaient l'aridité. Il s'assit, observant l'ondulation tremblante de l'air au loin, et se laissa aller à la contemplation.

Les dunes, mouvantes et éternelles, lui rappelaient la fragilité des royaumes, ces empires bâtis par la volonté des hommes mais que le vent du destin dispersait un jour ou l'autre. Tout n'était qu'un cycle, pensé-t-il. Les civilisations naissaient, grandissaient, déclinaient, et le désert restait.

À l'heure où le soleil commençait sa descente, il se remit en marche. Le sable, brûlant quelques heures plus tôt, retrouvait une douceur soyeuse sous ses pieds. Bientôt, le ciel se teinta de rose et de mauve, avant que les premières étoiles ne percent la voûte céleste.

Mosof s'arrêta et leva les yeux. Le désert lui offrait son cadeau ultime : une nuit d'une pureté absolue, un ciel constellé où chaque étoile racontait une histoire ancienne.

Il sourit. Ici, loin des jeux de pouvoir et des guerres, le monde reprenait son véritable visage : celui d'une immensité silencieuse, patiente, où seule la vérité subsistait.

De l'Ifrica à New York : Un monde d'ombres et d'alliances

Mosof quitta l'Ifrica avec un sentiment partagé. Il avait vu, entendu, ressenti l'écho d'une époque révolue, où l'Andalous n'était qu'un lointain souvenir inscrit dans les pierres des palais et les regards des anciens. Les territoires annexés par le roi d'Espagne regorgeaient de tensions et de mystères, et les réunions qu'il y avait tenues lui avaient confirmé ce qu'il soupçonnait déjà : certains dirigeants locaux lui étaient favorables, mais d'autres le surveillaient de loin, avec méfiance.

Il savait qu'on l'observait. Ses conférences, ses idées, ses inventions – tout attirait l'attention, et pas seulement celle des érudits et des visionnaires. Il était devenu une énigme aux yeux de ceux qui détenaient le pouvoir, un élément imprévisible dans un monde où chaque force cherchait à maintenir son contrôle.

Mais il était temps d'avancer. Mosof ne s'attachait jamais à un seul lieu. Comme les caravanes du désert qu'il avait traversé, il suivait son propre itinéraire, porté par une logique qui échappait aux bureaucrates et aux gouvernants.

Alors il prit l'avion, traversant l'Atlantique sans un regard en arrière, se fondant à nouveau dans les ombres d'une métropole aux mille visages.

New York l'attendait. Un autre monde, une autre énergie. Ici, il retrouverait ceux qui avaient compris avant les autres. Des amis, des adeptes, et peut-être même des complices.

Retrouvailles à New York

La ville brillait de mille feux sous le ciel nocturne. New York, l'éternelle, la vibrante, la ville où tout se croisait, où tout se transformait. Mosof marchait dans les rues animées, sa silhouette se fondant parmi la foule cosmopolite qui défilait autour de lui. Ici, personne ne posait de questions, personne ne s'attardait sur un visage plus qu'un autre. C'était l'endroit idéal pour retrouver certains de ses anciens amis et adeptes, loin des regards indiscrets, loin des enjeux du monde.

Il poussa la porte d'un bar discret, au fond d'une rue où les lumières étaient plus tamisées, un lieu connu seulement de ceux qui savaient où chercher. Son nom, Les Andalous, résonnait comme un écho du passé, un rappel des terres perdues, de l'histoire qui se répétait toujours sous d'autres formes.

Derrière le comptoir, le barman leva les yeux et son visage s'illumina. Il n'était pas besoin de mots, la reconnaissance était immédiate. Un hochement de tête, un sourire discret, et déjà un verre glissait sur le bois poli du comptoir. Mosof s'installa à une table à l'écart, observant l'endroit avec une satisfaction sereine.

Un à un, les visages connus apparurent. Certains avaient changé, portant les marques du temps et des luttes menées, mais les regards étaient restés les mêmes. Des poignées de main fermes, des accolades sincères, des éclats de rire étouffés entre deux gorgées. Ici, les titres n'avaient plus d'importance, seuls comptaient les liens forgés dans le secret, dans la fidélité.

Les conversations s'entremêlèrent, des souvenirs refirent surface, des idées furent échangées à mi-voix, entre ceux qui savaient que l'histoire n'était jamais finie, que chaque époque portait son lot de batailles et de révolutions. Mosof écoutait, parlait peu, mais ses mots étaient choisis avec soin, comme des graines semées dans l'esprit de ceux qui l'entouraient.

Les heures passèrent, le bar s'emplit puis se vida progressivement, mais le cercle restait là, intact, comme un noyau indissoluble. Mosof regarda ses compagnons et sut qu'il n'était pas seul.

New York était une étape, un passage. Il n'était pas venu pour rester, mais il repartirait avec quelque chose de précieux : la certitude que son influence persistait, que son message n'était pas oublié.

Un Retour Sous Haute Surveillance

Mosof posa le pied en Andalous avec un léger pincement au cœur. Quelque chose avait changé. Ce n'était pas seulement l'air du pays, chargé de l'odeur des orangers et du sel marin, ni même la lumière dorée qui baignait les ruelles étroites.

C'était un silence, un regard en coin, une tension flottante.

Il n'était plus le bienvenu.

Sa servante, discrète mais toujours attentive, fut la première à lui faire part de ses doutes. Les regards avaient changé. Les messagers du pouvoir local ne lui adressaient plus les mêmes salutations. Des visiteurs qu'il n'attendait pas s'étaient intéressés à son retour.

Elle n'eut pas besoin d'en dire plus. Mosof comprit qu'il était temps de partir.

Les déménageurs, prévenus à l'avance, se mirent au travail. Il n'emportait pas grand-chose. Quelques effets personnels, ses notes les plus précieuses, et ce qu'il fallait pour continuer ailleurs. L'adresse suivante était déjà tracée : la France.

Le président français l'attendait. Un homme ambitieux, un esprit affûté, mais aussi un calculateur. Il voulait Mosof à ses côtés, non pas comme un simple conseiller, mais comme un atout. Un mécène peut-être, mais surtout un homme d'influence.

Mosof le savait. Il savait aussi que cette alliance ne serait pas naturelle. Il y aurait de la méfiance, du jeu d'échecs, des attentes inavouées.

Mais pour l'instant, il lui fallait un port d'attache. Et si la France tendait la main, il n'était pas question de la refuser, seulement de garder en tête que toute main tendue peut aussi refermer son étreinte.

Un Départ Amer, Une Promesse de Lumière

Naima contemplait une dernière fois les paysages andalous depuis le balcon. Le vent chaud du sud caressait son visage, apportant avec lui l'odeur des oliviers et du jasmin. Elle savait qu'elle devait partir, que Mosof n'avait plus sa place ici. Mais son cœur était serré – cette terre, qu'elle avait appris à aimer, leur était désormais hostile.

— Nous avons été trop visibles, Mosof. Trop présents.

Il posa une main rassurante sur la sienne. — Alors soyons invisibles un temps.

La France les attendait. Paris, la Ville Lumière. Naima n'aimait pas les départs précipités, mais elle partageait avec Mosof une curiosité qu'elle ne pouvait nier. La beauté de Paris, ses promesses de grandeur et d'inspiration, l'attiraient autant qu'elles l'inquiétaient.

Le premier soir, après leur installation, ils sortirent à pied dans les rues illuminées de la capitale. Mosof voulait lui montrer la ville autrement, loin des salles de conférences et des obligations politiques.

Ils longèrent l'Opéra Garnier, chef-d'œuvre d'or et de marbre, où les dorures brillaient sous les réverbères. Ils dînèrent dans une auberge discrète, au charme ancien, où le bois craquait sous les pas et où les serveurs murmuraient plus qu'ils ne parlaient.

Puis, main dans la main, ils remontèrent l'avenue des Grands Magasins, où les vitrines scintillaient de mille feux.

Naima sourit enfin. Paris lui offrait autre chose qu'un exil. Elle lui offrait une renaissance.

L'Ombre de l'Alliance : Kuskov et John III

Dans les recoins sombres d'un ancien bâtiment de la ville, Kuskov et John III se retrouvaient à l'abri des regards indiscrets. Leur alliance, bien que tacite, était fondée sur un but commun : rétablir l'ordre selon leur propre vision, même si cela signifiait utiliser des moyens que peu oseraient envisager.

Kuskov, prudent et calculateur, avait vite compris que le retour de John III, grâce au MédBed, pouvait lui donner un avantage décisif dans le jeu de pouvoir qui se jouait en Europe. Il avait ressuscité un homme qui connaissait les rouages de la manipulation, un maître des alliances et des trahisons.

— Nous devons agir discrètement, commença Kuskov, sa voix basse, presque un murmure. Les mouvements de Mosof et de sa femme à Paris ne doivent pas nous distraire. Nous devons préparer notre contre-offensive.

John III, ses yeux perçants scrutant l'obscurité, acquiesça lentement. — Paris... la ville de la lumière. Ils y croient en leur sécurité, mais ils n'ont aucune idée de la tempête qui se prépare.

Leur réunion était stratégique. Kuskov et John III esquissèrent un plan pour infiltrer les cercles de pouvoir en France, s'immiscer dans les discussions qui entouraient Mosof. La méfiance de Mosof envers le président français pourrait devenir une opportunité pour eux.

— Pendant que Mosof s'attarde dans ses rêves d'innovation, nous nous chargerons de l'ombre, déclara John III, un sourire énigmatique sur les lèvres. Je sais comment les gens pensent, comment ils se déplacent. Mon expérience sera notre atout.

Kuskov hocha la tête, approuvant. — Nous établirons des contacts, et nous frapperons au moment le plus inattendu.

Ils se séparèrent alors, conscients de l'ampleur de leur mission. La nuit était leur complice, le silence leur allié. Dans cette danse des ombres, leur coordination resterait secrète, chaque mouvement planifié dans l'obscurité, en attendant le moment propice pour agir.

Les Manigances Dévoilées : L'Alerte du Président

Alors que Kuskov et John III manigenaient dans l'ombre, leurs discussions et projets ne restèrent pas longtemps sans écho. Le président français, grâce à son réseau d'informateurs, reçut vent des manœuvres en cours.

Dans son bureau, entouré de conseillers, il scrutait les rapports détaillant les mouvements suspects autour de Mosof. Les rumeurs sur l'alliance entre Kuskov et John III alarmèrent son équipe. Cette alliance, si elle se concrétisait, pourrait représenter une menace directe non seulement pour Mosof, mais aussi pour l'ensemble de l'ordre établi en Europe.

— Nous ne pouvons pas nous permettre d'ignorer cela, affirma le président d'un ton ferme. Mosof doit être averti immédiatement.

Il savait que le temps pressait. Les manigances de ces deux hommes, leurs intrigues pour rétablir une forme de pouvoir basé sur la résurrection et la manipulation, étaient inacceptables. Il décida d'informer Mosof des grandes lignes de la situation, de manière à ce qu'il prenne des précautions.

Le président fit alors appel à un messager de confiance. Quelques heures plus tard, Mosof reçut une note discrète, lui indiquant qu'il devait se rendre au bureau du président pour une discussion urgente. Intrigué et quelque peu inquiet, il accepta l'invitation.

Dans le bureau du président, ce dernier lui exposa rapidement la situation.

— Mosof, il y a des rumeurs préoccupantes concernant Kuskov et John III. Leur alliance semble être plus qu'une simple coïncidence, et je crains qu'ils ne préparent quelque chose de dangereux.

Mosof écoutait attentivement, comprenant l'importance de chaque mot. — Que prévoient-ils exactement ? demanda-t-il, le regard sérieux.

— Je ne peux pas le dire avec certitude, mais ils semblent vouloir se servir de votre nom, de vos recherches, de votre influence. Je vous conseille de rester sur vos gardes et de ne pas baisser votre vigilance, répondit le président. Nous devons travailler ensemble pour contrer ces menaces.

Un sentiment de tension envahit Mosof. Le danger n'était pas seulement personnel ; il risquait de compromettre tous ses efforts. La lumière du bureau semblait plus vive, plus frappante, face à l'ombre de cette menace imminente.

Il remercia le président pour l'alerte et quitta le bureau, son esprit en ébullition. Il devait se préparer, non seulement à défendre son propre avenir, mais aussi à protéger ceux qui croyaient en lui et en ses idéaux.

Le Retour de John III : Une Ombre sur le Futur

Mosof sortit du bureau du président avec une certaine appréhension. Les mots du président résonnaient encore dans son esprit, mais une autre pensée le hantait. Il se doutait depuis un certain temps que Kuskov ne resterait pas inactif. Le général russe, habile manipulateur, avait toujours été imprévisible.

Il ne lui fallut pas longtemps pour réaliser que Kuskov avait fait renaître John III, l'homme qui avait jadis imposé sa volonté sur l'Europe et laissé une empreinte indélébile sur l'histoire. L'idée que cet ancien rival, cet empereur déchu, était de retour dans les affaires le perturbait profondément.

John III n'était pas qu'un simple joueur dans un jeu de pouvoir ; il était un stratège, un roi au charisme inégalé, capable d'inspirer la peur et la loyauté à la fois. Avec sa résurrection, il risquait de ramener avec lui des partisans, des alliés, et un désir de revanche. Kuskov savait qu'il ne pouvait pas gagner sans l'ombre de John III à ses côtés.

Une Nouvelle Alliance Maléfique

Dans les semaines qui suivirent, Kuskov et John III se mirent à tisser un réseau de manigances, réunissant des figures influentes et des anciens alliés, exploitant la mystique entourant la résurrection de

John III. Ils se rencontrèrent en secret, discutant de leurs plans pour renverser le président français et influencer les événements en Europe.

John III, avec son charisme et son aura, séduisit les esprits les plus influents, attirant à lui des partisans prêts à tout pour retrouver le pouvoir perdu. Kuskov, calculateur, avait compris qu'il devait jouer la carte de l'ambition de John III tout en gardant le contrôle. Ils formaient un duo redoutable, prêt à réécrire l'histoire à leur avantage.

La Préparation de Mosof

Face à cette menace grandissante, Mosof savait qu'il devait agir. Il se mit à préparer ses propres alliés, cherchant à rassembler des forces autour de lui. Il contacta ses adeptes, ses amis, et d'anciens alliés pour discuter des enjeux.

Il n'avait pas l'intention de laisser John III et Kuskov dicter le cours des événements. Armé de ses inventions et de sa détermination, Mosof se préparait à une confrontation inévitable.

L'avenir était incertain, mais une chose était claire : la bataille pour le contrôle de l'Europe était loin d'être terminée.

Une France en Ébullition : L'ombre des Menaces

La France, malgré les tensions latentes, continuait de prospérer. Ses rues animées résonnaient des rires et des cris de joie des marchés, où les vendeurs proposaient leurs produits frais sous un soleil radieux. Les cafés étaient pleins, les terrasses bondées de gens savourant des croissants et des conversations enjouées. Cependant, cette apparente sérénité cachait une réalité plus sombre.

Les Français, fidèles à leur réputation de râleurs, exprimaient un mécontentement omniprésent. Les discussions autour des tables étaient souvent teintées de cynisme, et les préoccupations politiques se mêlaient aux rumeurs sur des intrigues obscures. La prospérité économique ne masquait pas l'angoisse face aux incertitudes qui planaient sur l'horizon.

L'ombre de Kuskov et de John III planait sur la révolte française. Les rumeurs circulaient dans les cercles de pouvoir : une alliance redoutable entre un général stratégique et un empereur aux ambitions démesurées menaçait d'ébranler l'équilibre fragile du pays. Alors que la France jouissait d'une certaine stabilité, il y avait une inquiétude grandissante quant à la loyauté de certains alliés et à la résurgence de vieilles rivalités.

Des murmures de révolte commençaient à émerger, alimentés par la peur d'un coup d'État ou d'une ingérence extérieure. Les esprits s'échauffaient, et l'idée d'une résistance se frayait un chemin dans le cœur des citoyens, en particulier parmi ceux qui avaient vu leurs idéaux vaciller au gré des manigances politiques.

Mosof, en observant la vie quotidienne de la ville, ressentait le poids de cette dualité. La prospérité et l'insatisfaction coexistaient, créant une atmosphère électrique. Il savait que le temps de l'inaction était révolu, et qu'il devait préparer son camp, non seulement pour défendre ses idées, mais aussi pour unifier ceux qui aspiraient à un avenir meilleur.

Il se tenait au coin d'une rue, regardant les passants, écoutant les conversations. Les discussions sur les enjeux du pays se mêlaient à des blagues et des souvenirs d'un passé révolu. Les Français, malgré leur cynisme, possédaient cette capacité unique à rebondir, à transformer l'adversité en opportunité.

Mais l'ombre de Kuskov et de John III était là, insidieuse, prête à frapper quand on s'y attendrait le moins. Mosof savait qu'il devait agir rapidement, rassembler ses forces avant que l'orage n'éclate.

Un Complot Contre la France : L'Ombre de l'Europe

Alors que la France jouissait d'une prospérité illusoire, l'Europe entière complotait dans l'ombre. Kuskov et John III, forts de leur alliance naissante, avaient habilement manœuvré pour retourner des dirigeants des pays frontaliers. De l'Espagne à l'Italie, de l'Allemagne aux pays baltes, des murmures de trahison circulaient, comme une brise froide annonçant l'arrivée d'un orage.

Les rumeurs de réunion secrètes et de pactes inavoués prenaient de l'ampleur. Les dirigeants, influencés par la promesse d'un pouvoir renforcé et de ressources partagées, se laissaient séduire par les promesses de Kuskov : une domination sur l'Europe, un nouvel ordre dans lequel la France serait réduite à un simple souvenir.

John III, quant à lui, manigançait avec habileté. Son charisme captivant et son expérience militaire faisaient de lui un atout précieux. Il évoquait les splendeurs passées, jouant sur la nostalgie de ceux qui avaient un jour été puissants. Il promettait de ramener la grandeur à ceux qui lui prêteraient allégeance, se posant en roi légitime réclamant son trône.

Dans les ombres des palais, des alliances se tissaient, des plans se dessinaient. Des escouades de soldats s'entraînaient en secret, des ressources militaires étaient amassées, tout en restant dissimulés derrière des façades de coopération pacifique. L'Europe s'armait non seulement de troupes, mais aussi de stratégies.

Les opérations de désinformation se multipliaient pour miner la confiance du peuple français. Des bruits de mécontentement étaient amplifiés, et les voix de la révolte se faisaient de plus en plus entendre. Le but était de créer une instabilité interne, de fragiliser le gouvernement français, facilitant ainsi une offensive surprise.

Mosof, conscient de la situation, comprit que chaque minute comptait. Il devait agir rapidement pour rassembler non seulement ses partisans, mais aussi ceux qui avaient un intérêt à défendre la France. Les mots de John III et de Kuskov résonnaient dans son esprit, et il savait que l'heure était venue de rappeler aux gens la force de leur unité.

Avec une détermination renouvelée, Mosof commença à établir des contacts, à convoquer ceux qui pouvaient faire la différence. La France devait être prête à faire face à la tempête qui se préparait, car le temps des complots et des trahisons approchait à grands pas.

L'Intervention des États-Unis : Un Équilibre Retrouvé

Alors que les manigances de John III et Kuskov s'intensifiaient et que l'Europe entière semblait s'unir contre la France, un nouvel acteur entra sur le devant de la scène : les États-Unis. En coulisses, des généraux 5 étoiles, leaders militaires respectés et influents, surveillaient la situation avec attention. Leur intérêt pour l'Europe ne venait pas seulement d'une alliance historique, mais d'un profond attachement aux valeurs qu'ils défendaient : la liberté, la démocratie et la foi chrétienne.

Les nouvelles des complots orchestrés par John III avaient suscité des inquiétudes au sein des hautes sphères du gouvernement américain. La résurgence d'un ancien roi, dont les ambitions semblaient dépassées, ainsi que les méthodes peu scrupuleuses de Kuskov, étaient jugées incompatibles avec les idéaux américains. Les généraux 5 étoiles, déçus par les intentions du duo, décidèrent de faire défection.

Les États-Unis prirent rapidement contact avec le président français, lui proposant une alliance renforcée pour contrer la menace grandissante. Le président, qui avait déjà été mis en garde par Mosof, accueillit cette nouvelle avec soulagement. Une coopération avec les États-Unis pouvait non seulement garantir la sécurité de la France, mais également apporter des ressources et un soutien stratégique décisif.

Les généraux 5 étoiles, avec leur expérience et leur pouvoir, commencèrent à établir un plan. Ils travaillèrent aux côtés des responsables militaires français pour préparer une défense solide contre toute offensive, tout en élaborant des stratégies pour déstabiliser les plans de John III et de Kuskov.

Les États-Unis, représentant les valeurs chrétiennes et une vision d'avenir fondée sur la liberté, s'érigeaient désormais en rempart contre l'ombre de la tyrannie. Les alliances se reforgèrent, les lignes se redessinèrent. L'idée que John III pouvait incarner un nouvel ordre se voyait non seulement contestée, mais rejetée par ceux qui croyaient en un avenir meilleur, fondé sur la coopération et la paix.

Mosof, apprenant cette évolution, sentit un vent de changement souffler sur la situation. Les États-Unis étaient là, apportant avec eux une légitimité et une force qui pourraient contrer les forces sombres qui se tramaient dans l'ombre. La lutte pour l'Europe se transformait, et une nouvelle dynamique prenait forme.

L'Offensive Décisive : Libération de l'Ifrica

Avec l'alliance entre la France et les États-Unis solidifiée, un nouveau souffle parcourut les cercles de pouvoir parisiens. Mosof, conscient de l'opportunité qui se présentait, proposa au président français une audacieuse contre-attaque contre l'Espagne. L'objectif ? Libérer définitivement l'Ifrica, comprenant la Maurétanie, la Numidie, Carthage, le Sahara et la Libye, des territoires riches en histoire et en ressources.

— Une simple pression de notre part, alliée à celle des États-Unis, suffira, affirma Mosof avec conviction lors d'une réunion stratégique. Les dirigeants espagnols, déjà affaiblis par les tensions internes et la résistance croissante dans les territoires annexés, ne sauront pas résister à une telle offensive.

Le président, après avoir écouté attentivement, comprit l'enjeu. Récupérer ces terres libérerait non seulement l'héritage culturel de la France, mais également renforcerait son statut sur la scène internationale. Cela montrerait que l'Europe pouvait se dresser contre les anciennes ambitions impérialistes, tout en promouvant la paix et la prospérité dans les régions libérées.

Les généraux américains, forts de leur expérience militaire, élaborèrent un plan détaillé pour coordonner les forces françaises et américaines. Des forces terrestres seraient déployées, accompagnées d'un soutien aérien stratégique pour garantir la supériorité sur le terrain.

— Nous devons agir rapidement, ajouta Mosof. Chaque jour qui passe renforce la détermination des Espagnols à maintenir leur contrôle sur ces territoires. L'effet de surprise serait essentiel pour désorganiser les forces ennemies.

Les préparatifs s'accélérèrent. Mosof, inspiré par le soutien indéfectible des États-Unis, sentait un nouvel espoir s'installer. Le rêve d'une Afrique libérée, unie dans son identité historique, prenait forme. Il imaginait des peuples rejoignant le mouvement, célébrant leur indépendance, retrouvant leur dignité, et renouant avec un héritage qui avait été effacé par des siècles de domination.

Alors que les troupes se rassemblaient et que la stratégie se peaufinait, l'horizon s'illuminait d'une promesse : celle d'un avenir où la liberté et la paix régneraient sur les terres d'Ifrica, unies sous la bannière d'une nouvelle ère de coopération entre nations.

La Bataille de l'Ifrica : Un Combat pour la Liberté

Le soleil se levait lentement sur les dunes dorées de l'Ifrica, projetant des ombres longues et mystérieuses sur le terrain. Les forces françaises de la Légion étrangère, accompagnées par des unités américaines, s'étaient rassemblées au pied des collines qui surplombaient le champ de bataille. L'atmosphère était chargée d'une tension palpable, alors qu'un vent chaud apportait avec lui les murmures du désert.

Cette journée marquerait une tournant décisif dans l'histoire de la région. Les forces espagnoles, conscientes de l'importance stratégique de cette bataille, s'étaient également regroupées, déterminées à défendre leur territoire contre cette coalition inattendue.

Mosof avait réussi à rallier des Bédouins locaux à la cause de la libération. Ces guerriers du désert, expérimentés dans l'art de la guérilla, apportaient avec eux une connaissance inestimable du terrain. Sous la conduite de leurs chefs, ils avaient rejoint les forces françaises et américaines, prêts à mener la charge.

Leur solidarité, basée sur des traditions de liberté et de résistance, insuffla une force nouvelle aux troupes coalisées. Les Bédouins, montés sur leurs chevaux rapides, étaient déterminés à reprendre leur terre et à défendre leur mode de vie. Ils se déplaçaient avec agilité, prêts à frapper là où l'ennemi s'y attendait le moins.

À l'aube, le commandement allié décida d'attaquer. Les canons retentirent, et les premières salves de l'artillerie américaine firent trembler le sol. Les lignes espagnoles, initialement confiantes, commencèrent à se fissurer sous le feu nourri.

Les Bédouins lancèrent leur attaque, profitant de leur vitesse et de leur connaissance du terrain pour harceler les flancs ennemis. Ils surgirent comme des spectres, frappant rapidement avant de se retirer, semant la confusion parmi les soldats espagnols.

Avec les forces américaines tenant le centre et les Bédouins frappant sur les flancs, les Légionnaires français se préparèrent à l'assaut final. Sous le commandement d'un colonel aguerri, ils chargèrent en avant, leurs cris de guerre résonnant dans l'air chaud du désert.

La ligne espagnole, déjà ébranlée par les bombardements et les attaques rapides, commença à se désorganiser. Les Légionnaires, entraînés au combat dans les conditions les plus difficiles, se battirent avec une bravoure exceptionnelle, avançant, pas à pas, face à l'adversité.

La poussière et la fumée obscurcissaient le champ de bataille, mais la détermination de la coalition était inébranlable. Les Bédouins, voyant la ligne ennemie fléchir, redoublèrent d'efforts, piquant de leurs sabres et tirant avec leurs fusils.

Alors que le soleil atteignait son zénith, la bataille s'intensifia. Les forces espagnoles, face à la résistance acharnée et à l'unité des Bédouins, des Américains et des Français, commencèrent à battre en retraite. Le cri de la victoire s'éleva dans le ciel, résonnant comme un chant ancien, un hommage à la liberté retrouvée.

La coalition avait gagné. La victoire n'était pas seulement militaire ; elle était symbolique. Elle marquait le début d'une nouvelle ère pour l'Ifrica, une ère de liberté, de dignité et d'espoir pour les peuples opprimés.

Les Bédouins et les soldats alliés se regroupèrent, s'échangeant des sourires et des poignées de main, célébrant cette journée où ils avaient combattu côte à côte pour un avenir commun. Mosof, observant la scène, ressentit un mélange de fierté et d'espoir. La libération etait acquise définitivement par une reddition definitive de l'Espagne.

Les Enfants du Désert : Le Retour des Originaires d'Ifrica

Les habitants originaires d'Ifrica, une terre riche en histoire et en culture, étaient appelés les Saharans. Ce nom évoquait non seulement leur lien indéfectible avec le vaste désert, mais aussi leur héritage ancestral, symbolisant leur résilience et leur unité face à l'adversité. Les Saharans avaient toujours été des nomades, des guerriers et des bâtisseurs, portant en eux les traditions et la sagesse de leurs ancêtres.

Avec la libération d'Ifrica, les Saharans commencèrent à revenir en force dans leurs terres natales. Des milliers de personnes affluèrent, répondant à l'appel de leur patrie retrouvée. Parmi eux, des amis de Mosof qui avaient fait leur vie à New York, notamment le barman des Andalous, qui avait toujours gardé un lien fort avec sa terre d'origine.

Le barman, connu pour son hospitalité et sa connaissance des histoires anciennes, avait vu cette occasion comme un moment de renouveau. Il rassemblait ses affaires, prêt à retourner dans un Ifrica libéré et à contribuer à sa renaissance. Son désir de retrouver ses racines le motivait à rejoindre les autres Saharans dans cette quête.

Des hommes et des femmes venaient de tous horizons : des artisans, des intellectuels, des agriculteurs, des guerriers. Tous partageaient un même objectif : reconstruire, revitaliser et célébrer leur culture. Leurs chants résonnaient dans l'air, mélangeant joie et mélancolie, alors qu'ils retrouvaient des terres qu'ils avaient toujours portées dans leur cœur.

Dans les villages et les villes nouvellement libérés, l'effervescence était palpable.

Des marchés se réinstallaient, des écoles ouvraient leurs portes, et des rassemblements festifs avaient lieu pour célébrer cette libération. La population, autrefois écrasée par le joug de l'occupation, se levait à nouveau, prête à embrasser son identité.

Les Saharans apportaient avec eux des traditions, des histoires, et un désir ardent de forger un avenir meilleur. Le barman, fort de son expérience, devint rapidement une figure centrale dans ce renouveau. Il ouvrit un établissement où il accueillait tous ceux qui revenaient, partageant des histoires de l'Andalousie et célébrant la culture saharane avec de la musique, des danses et des plats typiques.

Le retour des Saharans marquait le début d'une nouvelle ère, où la culture et l'identité pouvaient s'épanouir à nouveau, offrant un espoir à tous ceux qui avaient longtemps rêvé de liberté et d'unité.

La France et l'Ifrica : Une Alliance de Liberté

Avec l'Ifrica libérée et les Saharans rentrant chez eux en masse, la France avait non seulement restauré la paix dans la région, mais avait également renforcé son influence en tant que puissance stabilisatrice en Europe. Le succès de cette opération militaire marquait un tournant décisif, montrant que l'unité et la coopération pouvaient triompher des forces obscures.

Les retours triomphants des Saharans, leurs chants de liberté résonnant à travers le désert, apportaient un sentiment d'espoir et de renouveau. L'Europe, désormais stabilisée, semblait avoir temporairement éloigné les menaces, se concentrant sur la reconstruction et le développement.

Une Nouvelle Menace au Moyen-Orient

Cependant, dans l'ombre, la menace de John III et Kuskov continuait de planer, mais cette fois-ci, leur objectif se déplaçait vers le Moyen-Orient. La résurgence de John III, inspirée par sa résurrection, alimentait un désir ardent de reprendre Jérusalem, une ville qui avait été à la fois un symbole de pouvoir et de foi. Pour lui, cette quête n'était pas seulement un caprice, mais un retour à son trône légitime.

Kuskov, toujours le stratège, voyait en cette entreprise une opportunité d'affirmer son influence dans la région. Il savait que la réinstauration de John III à Jérusalem pourrait créer une instabilité politique massive, semant le chaos et les divisions parmi les nations voisines. Cela pourrait également détourner l'attention des puissances occidentales, leur permettant de réorganiser leurs forces et de renforcer leurs positions.

Les deux hommes commencèrent à tisser une toile d'alliances au Moyen-Orient, cherchant à rallier des factions dissidentes et des groupes qui aspiraient à un changement. John III, avec sa promesse de restaurer l'ancien ordre, trouva des oreilles attentives parmi ceux qui avaient souffert des récentes instabilités.

Des réunions secrètes se tenaient dans des lieux reculés, des pactes se forgeaient dans l'ombre. Le désir de reprendre Jérusalem devenait un cri de ralliement, mobilisant ceux qui étaient mécontents des gouvernements en place.

Alors que la France savourait sa victoire et que l'Ifrica s'épanouissait, le président français, conscient des mouvements dans le Moyen-Orient, savait qu'il devait agir. La paix en Europe ne serait jamais pleinement sécurisée tant que des menaces comme celles de John III et Kuskov continueraient de se développer.

Mosof, maintenant bien implanté dans la dynamique politique et militaire, fut convoqué pour discuter des prochaines étapes. Il savait que la stabilité en Ifrica était menacée par les ambitions de John III. Une intervention rapide serait nécessaire pour prévenir une escalade du conflit au Moyen-Orient.

Le calme apparent était précaire, et Mosof comprit que l'histoire, avec ses cycles répétitifs, était loin d'être terminée.

Dans la chaleur étouffante de l'été, les tensions entre les Palestiniens du nord et du sud atteignaient un nouveau sommet. Les groupes nordistes, galvanisés par un sentiment d'unité et d'opposition commune, prenaient le dessus sur les factions sudistes, affaiblies et divisées. Ce climat de conflit était palpable, et les rumeurs de violences imminentes se répandaient comme une traînée de poudre.

Les observateurs internationaux scrutaient avec inquiétude cette dynamique naissante. La frontière entre les territoires palestiniens et le Liban était devenue un point chaud, avec des milliers de personnes sur le qui-vive, redoutant une escalade du conflit. Les sudistes, en perte de vitesse, cherchaient des alliés, tandis que les nordistes avançaient résolument vers le Liban, espérant élargir leur influence et renforcer leur position.

Mais derrière ces nouvelles tensions, Kuskov et John III œuvraient dans l'ombre, orchestrant une manipulation qui échappait à la plupart des observateurs. Leurs intentions étaient claires : profiter du chaos pour affirmer leur influence et établir un nouveau régime, unifiant les factions autour d'une cause commune, celle de la résistance.

John III, avec sa rhétorique enflammée, avait infiltré les discours des leaders nordistes, exploitant leur mécontentement et leur désir de changement. Il se présenta comme un champion de la cause, promettant de restaurer la dignité et l'autonomie aux Palestiniens, mais en réalité, il ne cherchait qu'à asseoir son pouvoir sur une région qui lui échappait.

Kuskov, quant à lui, savait que le désordre était un terrain fertile pour ses ambitions. Il avait infiltré des groupes radicaux, distillant des idées de rébellion et de violence, incitant les nordistes à attaquer les sudistes, creusant ainsi un fossé déjà profond. Son but était de provoquer une guerre civile, affaiblissant encore davantage la résistance face à ses manigances.

Dans ce contexte chaotique, Mosof observait avec attention, conscient que les tensions entre Palestiniens étaient le symptôme d'un mal plus profond. Il savait que le moment était venu d'agir, de proposer une voie vers l'unité plutôt que la division. Les leçons de l'histoire étaient claires : le chaos ne profitait qu'à ceux qui cherchaient à contrôler le destin des autres.

Il entreprit de contacter des leaders pacifistes et des intellectuels des deux côtés, espérant rassembler des voix dissidentes pour contrer l'influence de John III et de Kuskov. Les espoirs de paix, bien que fragiles, demeuraient vivants dans les cœurs de ceux qui aspiraient à un avenir meilleur.

L'avenir du Moyen-Orient était incertain, mais Mosof savait qu'il devait se battre pour préserver la possibilité d'un dialogue, d'une réconciliation, et d'une paix durable.

Une Scission au Moyen-Orient : Alliances et Conflits

Alors que les tensions montaient entre les Palestiniens, la situation géopolitique du Moyen-Orient continuait de se dégrader. Kuskov, avec la conquête du

Liban, renforça ses positions et consolida ses alliés en Syrie, tandis que l'Irak, affaibli par des années de conflits internes et de divisions sectaires, était désormais dirigé par des groupes chiites qui, eux aussi, s'étaient rapprochés des Russes.

Cette dynamique créait une scission inquiétante entre le nord et le sud du Moyen-Orient. D'un côté, le nord, soutenu par les alliés de Kuskov, voyait une montée en puissance des forces pro-russes, des factions militantes utilisant la rhétorique de la résistance pour galvaniser leurs partisans. De l'autre côté, le sud, soutenu par les États-Unis et la France, tentait de stabiliser la région face à cette montée des tensions.

Les alliés de Kuskov en Syrie et au Liban, soutenus par le régime chiite en Irak, formèrent un bloc cohérent, uni par une vision partagée d'une domination régionale. Les shittes, autrefois divisés, trouvèrent une nouvelle force dans leur alliance avec les Russes, qui leur offraient non seulement un soutien militaire, mais aussi des promesses de reconnaissance sur la scène internationale.

Kuskov et John III, ensemble, manipulaient cette coalition, jouant sur les rivalités et les griefs historiques pour renforcer leur pouvoir. Leurs discours enflammés résonnaient dans les mosquées et les assemblées, incitant à la résistance contre l'influence occidentale et à la lutte pour un « nouvel ordre » au Moyen-Orient.

De l'autre côté, le sud, avec le soutien des États-Unis et de la France, cherchait à établir une contre-offensive. Les gouvernements de la région, face à cette menace croissante, se réunissaient pour discuter d'une stratégie commune. Les alliés occidentaux proposaient une assistance militaire et une aide économique pour renforcer la stabilité et contrer l'influence russe.

Le président français, après avoir observé les évolutions, comprit qu'il était crucial de faire front commun. Il renforça les liens avec les dirigeants du sud, s'assurant qu'ils s'uniraient pour résister à l'ascension des forces pro-Kuskov. Les États-Unis, de leur côté, déployèrent des forces supplémentaires pour soutenir cette coalition, promettant une coopération étroite.

Ce schisme au Moyen-Orient ne serait pas sans conséquences. Le fragile équilibre entre le nord et le sud devenait de plus en plus instable, chaque camp cherchant à prendre l'ascendant sur l'autre. Mosof, observant la situation, savait que la clé résidait dans la capacité à unifier les voix pacifiques et à trouver des solutions qui dépassent les divisions sectaires.

Le temps pressait, et la nécessité d'un dialogue et d'une réconciliation se faisait ressentir. La lutte pour le contrôle du Moyen-Orient était loin d'être terminée, et Mosof devait agir rapidement pour empêcher que le conflit ne devienne une réalité encore plus dévastatrice.

Préparatifs de Guerre : La Coalition du Nord contre l'Alliance du Sud

Alors que la tension atteignait son paroxysme au Moyen-Orient, les préparatifs de guerre s'intensifiaient des deux côtés. D'un côté, la coalition du Nord, unie sous l'égide de Kuskov et de John III, s'organisait pour solidifier son emprise sur la région. De l'autre, l'alliance du Sud, soutenue par les États-Unis et la France, se préparait à défendre ses intérêts et à contrer cette menace grandissante.

Les forces pro-Kuskov, qui comprenaient désormais des alliés en Syrie, au Liban et en

Irak, se rassemblaient pour former une puissance militaire redoutable. Kuskov, voyant une opportunité d'étendre son influence, réussit à convaincre l'Espagne de rejoindre sa coalition. La promesse d'un partage des ressources et d'un soutien mutuel face aux menaces occidentales séduisit les dirigeants espagnols, désireux de restaurer leur position dans le jeu de pouvoir européen.

Avec l'Espagne dans son camp, Kuskov renforça ses lignes et ses stratégies. Il utilisa son charisme pour galvaniser ses alliés, appelant à la résistance contre l'ingérence occidentale. Des exercices militaires intensifiés furent organisés, intégrant les forces régulières et les groupes paramilitaires, créant ainsi une machine de guerre bien huilée prête à frapper.

De l'autre côté, l'alliance du Sud se renforçait également. Les États-Unis et la France déployèrent des conseillers militaires pour aider à la planification stratégique et à la formation des troupes. Les gouvernements du sud, unis par une cause commune, se réunirent pour discuter des manœuvres et des ressources disponibles.

Le président français et les dirigeants américains mirent en place une stratégie coordonnée, visant à créer une défense solide et à mener des contre-offensives contre les positions nordistes. La collaboration entre les nations renforça non seulement leur capacité militaire, mais aussi leur volonté politique.

Les lignes de bataille se dessinaient lentement, et l'atmosphère était chargée d'une tension palpable. Les rumeurs de guerre se répandaient, et la population du sud commençait à se mobiliser, se préparant à défendre son territoire. Dans les villages et les villes, des réunions se tenaient, rassemblant des volontaires prêts à se battre pour leur liberté.

Mosof, conscient que le conflit était désormais inévitable, s'efforçait de canaliser cette énergie. Il prônait l'unité, insistant sur l'importance de ne pas se laisser diviser par les tensions internes. La survie de l'alliance dépendait de leur capacité à travailler ensemble face à la menace commune.

Les jours passèrent, et la situation se tendait. Les forces des deux côtés se déployaient, les armes étaient préparées, et la population retenait son souffle. L'ombre de la guerre s'étendait sur le Moyen-Orient, promettant des bouleversements et des pertes inévitables. Le conflit approchait, et chacun savait qu'il faudrait se battre pour l'avenir de la région, pour les valeurs et les idéaux qui guidaient leurs actions.

La bataille décisive se profilait à l'horizon, et l'issue déterminerait le sort de l'Ifrica et du Moyen-Orient pour les générations à venir.

Le Conflit Éclatant : Une Diversion Stratégique

Le conflit entre la coalition du Nord, dirigée par Kuskov et John III, et l'alliance du Sud, renforcée par les États-Unis et la France, éclata avec fracas. Les premiers échanges de tirs résonnèrent à travers le désert, marquant le début d'une guerre qui promettait d'être brutale et décisive.

Pour détourner l'attention des forces nordistes, l'alliance du Sud décida de mener une diversion audacieuse. Une offensive feinte fut lancée pour reprendre Bagdad, faisant croire aux forces de Kuskov qu'un assaut majeur était en cours. Les troupes sudistes, avec le soutien de conseillers américains et français, frappèrent rapidement, lançant des attaques ciblées pour donner l'illusion d'une offensive à grande échelle.

Cette manœuvre eut pour effet de concentrer l'attention et les ressources des forces nordistes sur Bagdad, permettant ainsi à des unités secrètes, formées de Bédouins, de militaires d'élite français et de soldats américains, de se regrouper discrètement en direction de l'Égypte. Le plan était audacieux mais stratégique, visant à frapper là où l'ennemi s'y attendait le moins.

Au fur et à mesure que les forces sudistes feignaient leur offensive à Bagdad, les troupes d'élite, composées de Bédouins aguerris et de soldats d'élite, avancèrent silencieusement à travers le désert, se dirigeant vers Jérusalem. Leur objectif était clair : reprendre la ville sainte, symbole d'unité et d'identité pour de nombreuses populations de la région.

La coalition, bien que dispersée pour faire face à la diversion, était déterminée. Mosof, qui avait pris le commandement de cette opération secrète, savait que la surprise serait un atout majeur. Il avait appris à tirer parti des forces locales et à combiner les expertises, créant ainsi une synergie unique entre les soldats du sud et les guerriers du désert.

Alors que les forces nordistes commençaient à réaliser qu'elles avaient été trompées, il était trop tard. Les unités d'élite, renforcées par la détermination des Bédouins, s'apprêtaient à entrer en action. Jérusalem, autrefois dominée par John III, devait retrouver sa place comme centre de spiritualité et de paix.

Les premiers éclats d'une lumière se faisaient déjà voir à l'horizon. Le moment de vérité approchait, et avec lui, la promesse d'un changement radical dans le cours de l'histoire du Moyen-Orient. Mosof, observant la ville au loin, savait que cette bataille pourrait être le point de départ d'un nouvel avenir.

Le Coup de Maître : Siège de Damas

Alors que les forces du Sud se regroupaient pour l'assaut final sur Jérusalem, Mosof savait que la prise de la ville sainte serait un défi redoutable. Pour y parvenir, il fallait d'abord neutraliser la menace de Damas, la capitale syrienne, qui servait de bastion à l'alliance nordiste.

Les Libanais, désormais divisés et troublés par les événements récents, avaient choisi de soutenir secrètement les forces du Sud. Des renégats au sein de la population libanaise, fatigués de l'oppression et désireux de voir leur pays libéré des griffes de l'occupation, laissèrent passer les troupes d'élite vers la capitale syrienne.

Cette trahison inattendue joua en faveur de Mosof. Les Bédouins, familiers avec les routes du désert, guidèrent les forces sudistes à travers les montagnes, évitant les points de contrôle et les patrouilles.

Un autre atout majeur dans cette opération était la connaissance des tunnels de ravitaillement du palais de Damas. Des informateurs, des habitants ayant vécu sous le régime nordiste, avaient révélé l'existence de ces passages souterrains, souvent oubliés par les forces en place.

Ces tunnels, servant autrefois à faire transiter des provisions et des munitions, deviendraient décisifs pour le siège. Grâce à cette information, les forces du Sud purent planifier une attaque surprise, contournant les défenses extérieures du palais.

Lorsque le siège débuta, le plan se déroula avec une précision millimétrée. Les unités d'élite, menées par Mosof, infiltrèrent les tunnels en pleine nuit, se glissant comme des ombres à travers les souterrains de la ville. Pendant ce temps, les troupes principales concentrèrent leurs efforts sur les portes du palais, créant une diversion qui capta toute l'attention des défenseurs.

Des explosions résonnèrent à l'extérieur, tandis que les soldats nordistes, croyant à une attaque frontale, se déployaient pour défendre le palais. C'était exactement ce que Mosof espérait. Les forces du Sud, utilisant leur connaissance des tunnels, émergèrent à l'intérieur du palais, prenant par surprise les gardes qui ne s'y attendaient pas.

La bataille qui s'ensuivit fut féroce. Les hommes de Mosof, soutenus par les Bédouins, se battirent avec détermination, déterminés à libérer Damas et à ouvrir la voie vers Jérusalem. Les combats résonnaient dans les couloirs du palais, alors que chaque pièce devenait un champ de bataille.

Après des heures de combats acharnés, les forces sudistes prirent finalement le contrôle du palais. Les drapeaux du Sud furent hissés sur les murs, symbolisant la victoire et la libération. Le chemin vers Jérusalem était désormais dégagé, et Mosof savait que le coup de maître qu'il avait orchestré allait changer le cours de l'histoire.

Damas était tombée, et avec elle, un des derniers bastions de l'autorité nordiste dans la région. L'alliance du Sud était prête à se tourner vers la ville sainte, déterminée à libérer Jérusalem et à restaurer la paix dans un Moyen-Orient troublé.

La Bataille de Jérusalem : L'Assaut du Sud

Avec Damas tombée aux mains des forces du Sud, l'attention se porta immédiatement sur Jérusalem. Mosof, galvanisé par la victoire récente, mobilisa ses troupes avec une détermination renouvelée. Il savait que la prise de la ville sainte était cruciale pour assurer la stabilité de la région et pour renforcer l'idée d'unité parmi les Saharans et leurs alliés.

Des Armes de Haute Technologie

L'un des atouts majeurs de cette offensive était le canon laser, fruit des dernières inventions de Mosof. Conçu pour des frappes chirurgicales, cet appareil innovant permettait de neutraliser des cibles stratégiques sans causer de destructions massives autour. Mosof avait testé cette technologie avec succès lors de l'assaut sur Damas, et il était convaincu qu'elle donnerait un avantage décisif dans la bataille pour Jérusalem. Surtout qu'aucune armée du passé n'avait connu cette arme redoutable.

À l'aube, les forces du Sud se mirent en mouvement. Leur stratégie était simple mais efficace : frapper rapidement et avec précision. Les unités d'élite, renforcées par des

Bédouins aguerris, se positionnèrent autour de la ville. Les commandants avaient soigneusement étudié les défenses de Jérusalem, identifiant les points faibles.

Mosof donna le signal, et le canon laser crépita avec une lumière aveuglante, ciblant les infrastructures militaires des défenseurs nordistes. Les tirs précis détruisirent les positions clés, déstabilisant immédiatement les forces en place. Les explosions, bien qu'intenses, furent contenues, préservant les zones civiles pour assurer un soutien local lors de la libération.

La réaction des défenseurs fut chaotique. Les forces nordistes, prises par surprise, commencèrent à se désorganiser alors que les troupes du Sud prenaient d'assaut les murs de la ville. Les soldats sudistes, motivés par la promesse de liberté, avancèrent avec détermination, escaladant les barricades et engageant le combat de manière résolue.

Une Victoire Éclatante

En moins de quelques heures, la situation évolua rapidement. Les défenseurs, démoralisés par la puissance de feu et la précision des attaques, commencèrent à se rendre. Les drapeaux du Sud furent hissés sur les murs de la ville sainte, et les cris de victoire résonnèrent dans les rues de Jérusalem.

L'Ultime Objectif : Capturer John III et Kuskov

Les forces sudistes, en célébrant leur triomphe, savaient que la victoire sur Jérusalem était acquise. Leur attention se tourna désormais vers un objectif crucial : la capture de John III et de Kuskov. Ces deux hommes, bien que récemment affaiblis par les pertes de leurs troupes, représentaient encore une menace significative pour la stabilité régionale.

Avec la ville sous leur contrôle, Mosof déploya des unités d'élite pour traquer les deux leaders. Les informations glanées auprès de prisonniers et d'informateurs locaux avaient permis de localiser leur dernier bastion, caché dans une enclave sécurisée près de Damas. Les deux hommes, conscients du danger qui les guettait, avaient pris la fuite, mais leur arrogance et leur confiance en leurs plans les avaient rendus imprudents.

La nuit tomba, enveloppant la région d'un manteau de silence. Les forces sudistes, expérimentées et bien entraînées, se glissèrent dans l'obscurité, prêtes à frapper. L'attaque fut rapide et décisive. Les soldats, menés par des Bédouins aguerris qui connaissaient parfaitement le terrain, encerclèrent le bastion, bloquant toutes les issues.

Au moment où l'alerte fut donnée, il était déjà trop tard. Les forces sudistes, avec leur entraînement à la guérilla, avaient contourné les défenses et pénétré à l'intérieur des murs. Les cris de confusion résonnèrent dans la nuit, mais la détermination des attaquants était inébranlable.

Au cœur du chaos, Mosof dirigea personnellement l'assaut sur les quartiers où se trouvaient John III et Kuskov. John III, réalisant qu'il était piégé, tenta de s'échapper, mais se heurta à une résistance déterminée. Alors qu'il tentait de fuir, Mosof surgit devant lui, entouré de ses hommes.

— Votre règne de terreur prend fin ici, John, déclara Mosof avec fermeté.

Les forces sudistes capturèrent John III, le conduisant avec prudence, mais avec une ferme détermination, vers l'extérieur. Il savait que son rêve de pouvoir était désormais brisé, mais il gardait une lueur de défi dans

De l'autre côté du bastion, Kuskov, bien que conscient de la défaite imminente, s'était barricadé dans une pièce, déterminé à résister. Cependant, les unités d'élite, anticipant sa fuite, avaient préparé une tactique d'encerclement. Lorsqu'ils forcèrent la porte, ils trouvèrent Kuskov, armé et prêt à se battre.

— Vous ne pouvez pas me capturer, cracha-t-il, mais la réalité de la situation était implacable.

Les soldats sudistes l'immobilisèrent rapidement, le maîtrisant avec efficacité. Kuskov, enragé, réalisa qu'il était désormais à la merci de ceux qu'il avait cherché à manipuler.

Un Nouveau Chapitre

La capture de John III et de Kuskov marquait un tournant décisif pour les forces du Sud. Avec leurs leaders neutralisés, c'était la fin de la guerre et une nouvelle ère mondiale de prospérité et de paix, un paradis sur terre.

L'Établissement du Gouvernement Mondial à Jérusalem

Après la capture de John III et de Kuskov, le monde observa avec intérêt les développements à Jérusalem. La ville sainte, symbole de foi et d'unité, devenait le nouveau siège d'un gouvernement mondial promettant paix et coopération. Mosof, fort de son expérience et de son influence, avait été désigné comme un chef de tribu représentant les intérêts des Saharans et des peuples d'Arabie.

Le président français, en tant que leader de cette nouvelle initiative, s'était également engagé à rejoindre ce gouvernement mondial, unissant ainsi les efforts des nations pour construire un avenir meilleur. À ses côtés, des généraux américains, respectés pour leur stratégie et leur expérience, apportaient une légitimité militaire et un soutien logistique essentiel.

Un Paradis Terrestre à Jérusalem

Jérusalem, sous cette nouvelle administration, se transforma en un paradis sur terre. Les ruelles historiques, autrefois le théâtre de conflits et de divisions, furent réaménagées en lieux de rencontre et de dialogue. Des jardins luxuriants fleurissaient autour des lieux saints, invitant les habitants et les visiteurs à se rassembler. Des festivals de culture et de foi célébrèrent la diversité des croyances, renforçant l'idée d'unité.

La paix régnait, et les projets de développement prenaient forme. Des infrastructures modernes, des écoles, et des centres de santé furent établis, visant à offrir des opportunités à tous. La collaboration entre les différentes cultures et communautés devint un modèle pour le reste du monde. Les Saharans et les Bédouins, autrefois marginaux, étaient désormais intégrés dans la gouvernance, leur sagesse et leur connaissance des traditions valorisées dans le processus de construction d'un avenir commun.

La Fin du Voyage du Gourou aux Yeux Jaunes

Mosof, en tant que Gourou aux yeux jaunes, avait accompli ce qu'il avait promis. Son rêve d'un monde où la dignité et la liberté étaient restaurées se réalisait sous ses yeux. Il observa la ville et ses habitants, un sourire serein sur le visage, conscient que sa quête touchait à sa fin.

Le dernier chapitre de son voyage était écrit. Le Gourou, autrefois en proie à des doutes et à des conflits internes, avait trouvé sa place dans cette nouvelle réalité. Il avait guidé son peuple à travers les tempêtes, et maintenant, avec les promesses tenues, il pouvait se retirer dans la tranquillité d'un village de Palestine ou du desert d'Ifrica, ou peut-être même voyager à travers le monde pour transmettre son message de paix.

Un Héritage Éternel

Mosof savait que son héritage perdurerait au-delà de lui-même. Les valeurs qu'il avait semées, les alliances qu'il avait forgées, continueraient de vivre dans le cœur des gens. Il avait inspiré une génération à rêver d'un avenir meilleur, et ce rêve était en train de se réaliser.

Alors que le soleil se couchait sur Jérusalem, illuminant la ville d'une lueur dorée, Mosof se tenait sur les hauteurs, regardant le panorama, plein de gratitude et d'espoir. La série du Gourou aux yeux jaunes touchait à sa fin.